KB240041
KB240041

감동
강아지

감동
강아지
임우현 지음
징검다리

차례

감사합니다

세상에서
단 한번 누릴 수 있는
소중한
사람과의
만남을 통해
평생에 단 한번
해볼 수 있는
사랑을
할 수 있게 해주신
하나님
진심으로 감사합니다.
     .
     .
     .
그리고
어머님
제 마음 아시지요?

프롤로그

나이 서른다섯 아빠 임우현 군과
나이 서른두울 엄마 김명희 양
사이에서
육년 전에 태어나
무사히 잘 자라준
예빈이를 통해
조금씩
살아가는 법을
배우고 있는
못난 아빠의
못난 사랑이야기 랍니다.
가르치고 싶은 마음
그리고
숨기고도 싶은
사랑과 삶의
넋두리랍니다.

빈이를 소개 합니다

자세한 소개
그러나,
대충 알고만 있어도
되는 소개랍니다.

임예빈을 소개 합니다

나이: 현재나이 (2006년 1월 8일) 생일을 맞아 6살의 나이로 올라갑니다.

장래비전: 현재까지 유력한 것은 동물원 아저씨입니다. 목욕탕에서 아빠가 진지하게 물어본 장래 꿈에 대한 대답이 동물원 아저씨랍니다. 이 말은 상당히 신빙성이 있습니다.

왜냐면 빈이가 가장 좋아하는 TV 프로그램이 TV동물농장과 동물의 왕국입니다. 이미 동물에 관한 책도 많이 보았고 집에 동물책이 많답니다.

동물원 가는 것을 천국에 가는 것처럼 착각하는 빈이를 보면 동물원 아저씨의 꿈이 틀리지는 않은 것 같습니다.

부모소개: 아빠는 이제 35살 된 전도사 아빠입니다. 빈이가 보기에는 세상의 모든 것을 다 해줄 수 있는 막강한 후원자이지만 알고 보면 세상 살아 갈 줄 모르는 바보 아빠입니다.

나름대로 육아일기 쓰며 아빠 노릇 좀 하려 하지만 늘 엄마

에게 빈이를 잘못 키운다고 혼나는 아빠라기보다는 빈이와 함께 사고치는 친구 같은 역할입니다.

아빠 이름은 임우현, 직업은 교육전도사. CTS TV나 대전 극동방송 같은데서 진행도 하는 기독교 문화 사역자랍니다.

청소년 청년들만 보면 환장(?)하는 성격 탓에 늘 졸린 눈으로 살아가고 있답니다.

엄마는 이제 32살된 전도사 엄마입니다.

한때 꽤 날렸던 미모와(?) 재능 꾼으로 대전 대덕구 총각 박사님들의 사모님이 될 뻔 했는데 아빠의 끈질긴 작전 끝에 결국 눈에 콩깍지가 들어가게 되었고 결국에는 지금의 저를 낳게 되는 축복을(?) 받은 엄마가 되었답니다.

어린이를 사랑하고 노래와 율동을 좋아하는 우리 엄마는

아직도 처녀처럼 하고 다니는 이쁘니 엄마지만 저에게는 가장 무서운 선생님이며 교관이기도 하답니다.

엄마 이름은 김명희, 직업은 교회 전도사. 며느리와 딸, 아내와 엄마, 교회 주일학교, 중등부 전도사로 하루 24시간이 부족하답니다.

혈액형 : A형입니다. A형은 소심하다 하지만 완전 이 말에 절대 동의(?)합니다.

빈이는 좀 소심합니다. 빈이가 나이 들어 이 글을 보면 아빠에게 서운하다 할지 모르지만 씨름을 할 때도 결코 자기를 두 번 이상 이기면 안 되고 탑 블레이드 게임은 쉽게 져줄 수 없는 대도 두 번 이상 이기면 모든 것을 포기하고 울려고 합니다. 빈이를 잘 모르는 모 삼촌이 가위 바위 보게임에서 빈이를 세 번 연거푸 이긴 이후에는 아마도 다시는 얼굴을 보지 못했다는 소문이 있답니다.

댄스팀 PK를 세상에서 제일 좋아하면서도 PK 삼촌 이모들이 오기만 하면 인사도 못하고 아빠 품에 숨어 눈치만 보는 임 예 빈. 너를 A형의 대표 주자로 임명합니다.

이 글을 쓰고 있는 지금 갑자기 이영애가 생각이 납니다.
아빠나 잘 하세요!!! 아빠도 A형입니다.

보물들: 빈이가 아끼는 보물들은 우선 탑 블레이드입니다.

그동안 수십 개 아니 백개도 넘게 산거 같고요. 아무리 사도사도 없어지기에 "너 그동안 탑블레이드 산거 어디 갔냐?" 물어보니 지난 밤에 도둑이 들어와 다 훔쳐 갔답니다.

세상에 어느 도둑이 남의 집에 담 넘어 들어와 애들 탑 블레이드를 들고 도망 갑니까? 아빠는 정말 이해하기 어렵지만 결국 그 말에 다시 속아서 탑 블레이드를 사주고야 맙니다. 그 외에는 몇 백장의 딱지와 동물 책들이랍니다.

책과 탑 블레이드 하나 정도면 며칠 동안 남부럽지 않은 행복한 생활을 할 수 있답니다.

이성관: 아직 어린이집 안에서는 크게 이성문제(?)로 속을 썩이지는 않았습니다. 그러나 연상의 이모들 세계에서는 꽤 복잡한 이성관을 지니고 있답니다.

아빠 사무실과 교회 안에는 수많은 이모들이 있는데 빈이가 아빠를 안 닮아서(?) 좋아하는 이모들의 대체적인 특징이 미모를 따집니다. 이쁜 이모를 좋아하며 특별이 미모보다 중요한 것이 돈 많은 이모입니다.

돈 많고 이쁜 이모를 두고 금상첨화라 합니다. 이 놈 아빠가 절대로 여자는 외모나 물질로 판단하는 것이 아니라며 아무리 가르쳐도 그 이성관 쉽게 변하지 않습니다. 곧 나아지도록 적극적인 교육이 요구되어 집니다.

아르바이트: 빈이는 3살 후반부터 슬슬 아르바이트를 시작했습니다.

일명 귀여운 앵벌이. 어린이 집에서 배운 배꼽 인사는 빈이의 아르바이트를 정착시키는데 큰 몫을 담당했습니다.

우선 가까운 할머니와 친척들. 그리고 교회 안의 장로님과 권사님. 집사님들 앞에서 배꼽 인사와 뽀뽀 한방이면 얼추 꽤 큰돈(?)의 용돈이 생기고는 합니다.

처음 이 아르바이트를 시작할 두세 살 무렵에는 배후 세력

14

인 아빠의 치밀한 전략아래 2002년 월드컵 붐을 타고 축구선수 씨리즈 개인기를 연마하기도 해 많은 고객(?)들에게 선풍적인 인기를 누렸답니다. 히딩크의 어펏컷, 안정환의 반지키스 등 이제 자고로 어린이들의 개인기에 많은 노력을 기울여야 할 때입니다.

특별히 엄마 아빠에게 큰 기쁨과 즐거움을 준적은 100일과 돌을 맞아 20개 가량의 금반지를 혼자의 힘으로 벌어온(?) 날입니다.

빈이가 왜 그리 기특하던지 잘 커주니 이런 복도 있네요. 첫 돌 잔치가 기억납니다. 연필과 만 원 그리고 실을 잡는 시간이었는데 순간 빈이가 연필을 잡고 나니 모든 어른들이 학자 될거라며 좋아하던 모습… 그러나 저는 보고야 말았습니다.

어른들이 금방 박수치고 다시 뷔페 먹으러 등을 돌리자 잡고 있던 연필 내려놓고 다시 만 원을 줍던 빈이의 모습.

아! 아빠에게 딱 걸렸습니다. 빈 넌 정말 잘 살 거야…

특기: 노래와 춤입니다. 춤은 거의 수준급입니다. 침대 위에 올라가 PK의 노래를 틀어 주면 거의 비슷하게 어려운 안무를 소화해 내는 것을 보면 댄스에 관한 거의 절대 지존입

니다.

　노래는 동요나 찬양을 부를 때는 좋았는데 외할머니 환갑잔치 때 한 트롯여왕 이모의 출연으로 두 시간 가량을 보고 온 예빈이가 어느 날부터 갑자기 회갑 노래라 하며 이상한 춤과 고성을 지르는 모습을 보며 혹시 빈이가 트롯계로 빠지지 않을까 걱정을 해봅니다.

　아빠를 닮은 외모나(?) PK를 닮은 댄스 실력으로 봐서는 충분히 이름이 비슷한 비처럼(?) 유명가수가 될지 모르겠는데 아마도 노래는 좀더 검증이 필요할 것 같습니다.

친구관계: 어린이집 백합반에서도 나름대로 친구관계는 좋은 것 같습니다.

　담임선생님 이야기로는 그림도 잘 그리고 아이들도 잘 따르고 리더쉽도 있다는데 어디까지가 진실인지는 잘 모르겠습니다. 그러나 문제는 아빠 따라 여러 도시를 다니며 합숙 생활을 많이 하다보니 가끔 이모 삼촌들을 친구처럼 여기는 경향이 있어서 늘 나이 많은 이모 삼촌과 놀다보니 가끔

또래 친구들을 소홀히 하는 경향이 있답니다.

부디 빈이에게도 다윗과 요나단 같은 평생을 아끼며 사랑하며 우정을 쌓아갈 친구가 나타나기를 아빠는 기도하고 있습니다.

장점: 엄마 말을 잘 듣습니다. 참 잘 듣는 답니다.

교회 가는 것을 좋아합니다. 매일마다 가는데도 집보다 교회가 좋다합니다.

사람들을 좋아합니다. 늘 새로운 사람들을 만나도 낯가림이 적고 쉽게 친해지며 금방 함께 어울려 놀 수 있습니다.

단점: 아빠 말을 잘 안 듣습니다. 그렇다고 매번 열 대를 때릴 수도 없고 큰일입니다.

집에 가는 것을 안 좋아합니다. 아빠 때문에 돌아다니는 것을 자주하다 보니 밤만 되면 일찍 집에가 자는 것을 싫어하고 늘 밖에서 있는 것을 좋아합니다.

혼자 있는 것을 싫어합니다. 혼자 차분히 책도 보고 놀줄도 알아야 하는데 늘 사람들과 어울려 함께 놀고 어울리기를 좋아합니다.

장점과 단점이 상호 보완적입니다. 장점 같은데 단점 같고

단점 같은데 장점 같은 것을 보니 아! 세상에 장점만 있는 사람은 없구나, 라는 생각을 하게 만듭니다.

앞으로 장점만 있는 아이로 키우기 보다는 단점도 인정하며 장점을 개발해 가는 아이로 키워야겠습니다.

좌우명: "예수님께 빈대 붙어 살기!"
짧지 않은 인생을 살아보니 나이 서른넷에 배우는 요령에 세상 살면서 누구와 가까이 붙어사느냐가 정말 중요하더군요.

어떤 사람들은 본인이 노력한 모든 것이 이루어지는데 어떤 이들은 아무리 노력해도 본인이 할 수 있는 절반도 못하고 무너지는 모습들을 너무 많이 보았답니다. 아마도 제 자신도 그런 희생양이 되어서 늘 힘들고 아파했던 것 같습니다.

이제야 예빈이에게 물려주고 싶은 좌우명이 있다면 예빈아 그분께 잘 붙어 있어라 네 실력의 두 배 이상의 열매가 있을거다.

어린아기에서 어린이로 변하는 예빈이 때문에 참으로 많

은 변화가 일어나고 있습니다. 우선은 대화의 양이 많아졌습니다.

예전에는 일방적인 아빠의 이야기가 대부분이었는데 이제 자뭇 진지한 미래의 이야기나 현재의 좋고 싫은 이야기들을 하나하나 나누어서 대화 할 수가 있답니다.

물론 대화의 많은 부분이 이상하게 돌아가는 경우도 많고 사실상 결론이 엉뚱하게 나는 경우도 많이 있답니다. "빈아 우리 부자 사이지?" "응, 아빠 돈 많어?" "빈아 엄마 놀래 켜 줄까?" "업어 줘야지." 뭐 대략의 내용들입니다.

그런데 그런 대화들이 얼마나 진지하던지 아무튼 빈이가 어린아기에서 어린이로 되면서 변화되어 지는 시작점이랍니다. 특별히 이제는 어린아가처럼 자주는 못 안아 준답니다. 무게가 얼추 나가기에… 그렇다고 한 번도 안 안아주는 것은 아닙니다. 아직도 여전히 귀엽고 예쁘기에 가끔은 꼭 안아 주지만 곧 이야기 합니다. "이제 내려와야지" 어린아기에서 어린아이로 바뀌는 예빈이의 이야기를 써봅니다. 어린이가 되는 예빈이에게 무엇을 가르쳐야 할지 기도중입니다.

예빈이 에게 뭘 가르쳐야 하나요?

짧은 이야기 짧은 가르침

예빈이 에게
무엇을 가르쳐야
하는지
도무지 모를
서른다섯 살
여섯 살 남자어린이
아빠의 숙제입니다.

먹어라

야채를 먹어야 하는데
왜 파를 고르는지
이제야 김치를 먹는데
김치 안에 얼마나 중요한 게
많은데 싫어하니…
도무지
기름 덩어리 과자와
아빠 닮아
라면과 밀가루에
왜 그리도 목숨을 거는지
임 예 빈
하루에 세 번
밥만 잘 먹어도
건강하게 오래 산단다.

반찬 투정하는 어린이는 평생 모든 일에 불평불만이 가득 차
보입니다. 반찬 투정에는 그저 굶기기가 최고의 벌 일 듯 싶습니다.
〈하지만 아주 어렵답니다〉

이 말은 꼭

할 수 있어야
한답니다.
사랑합니다 하면
사랑합니다 를
감사합니다 하면
저도요를
미안합니다 하면
괜찮습니다를
안녕하세요 하면
안녕하세요를
이 말은 꼭
할 줄 알아야
할 것 같습니다.

어느 날 친구들에게서 개xx. 18과 같은 말을 배워서 웃으며 아빠에게
한마디 했다가 진짜 제일 많이 맞았답니다. 절대로 배우지 말아야
할 말 안 배워도 저절로 아는 말 큰일입니다.

평화를

보아야 할텐데
행복한 가정과
평화스런 초원과
여유있는 시간과
웃을 수 있는
환경까지도
평화롭게
볼 수 있어야 할텐데
세상에는
너무나도 자극적인
것들이 많다보니
눈과 귀를
막을 수도 없고
그저 아주 작은
삶의 일부라도
평화스럽게
보여주고 싶습니다.

인터넷 게임과 폭력적인 영화와 그 외 수많은 음란 영상과 문화.
휴… 우리 아이를 어떻게 키워야 하나요.

이런 친구를

사귀었으면 좋겠다
넘어졌을 때
손 내밀어 주는 친구
아무도 없을 때
찾아와 주는 친구
아무런 조건 없이
시간 나서
만날 수 있는 친구
웃을 때도
슬플 때도
언제나 옆에 있어주는
그런 친구가
네 옆에
있었으면 좋겠다

매일 수많은 사람들이 네게 친구하자고 올텐데. 빈아 세상에는
나쁜 친구들도 많단다. 많은 친구보다는 좋은 친구를 사귀도록 해라.

사랑을 받으려면

사랑을 할 줄
알아야 한단다
아주 작고
사소한 일 부터도
먼저 사랑의
마음을 열어야지만
누구든지
너와 함께
사랑하며
세상을 살아가게 된단다
예빈
세상에는
사랑할 것이
너무나도 많단다…

인사 잘하기, 애교부리기, 말 잘 듣기, 밥 잘 먹기, 세수할 때
장난 안치기, 예배시간에 조용히 하기. 이상 예빈이가
사랑받을 수 있는 아주 작은 노력이랍니다.

모든 일에도

감사가
넘쳐야 합니다
하나에
감사하지 못하면
결국에는
아무리 큰 은혜의
선물들도
당연하게
받아들이게 됩니다
사람이라면
아주 작은일
하나에도
감사를 해야 하는
살아가며
가장 작은
예의가
필요하답니다.

감사합니다, 감사합니다, 감사합니다. 모든 것에
감사하는 단어를 붙이고 나면 참 많이 행복해 질수 있답니다.

나누어 줄 수

있는 사람이
진정으로 훌륭한 사람입니다
아무리 훌륭한 일을 하고
아무리 착한 일을
많이 했다고 해도
혼자서 많이
소유하고 있으면
결국에는
그저 똑같은
사람이 되어집니다
나누어 줄 수 있는
모든 것을
나누어 준다면
당신
참 훌륭한
사람이랍니다

빈아 너에게 생명보다 소중한 것은 없단다. 그러니 생명이외에는
무엇이라도 가난하고 어려운 이웃에게 나누어 주는
사람이 되어라 가능하다면 생명까지도.

세상에는

참아야
할 일들이 많습니다
세상 모든 것
내 뜻대로 하면
다 잘 될 것 같지만
시간지나
뒤돌아보면
몰려오는 후회는
아!
그때 참을 걸 이라는
후회뿐이랍니다
시간지나
후회하기 전에
오늘 한번 참는다면
당신
오늘 참
잘한 거랍니다

이긴 것 같지만 진 사람이 있으며 진 것 같지만
마지막에 이긴 사람이 있습니다. 바로 오래 참음입니다.

약속입니다

밥 먹을 때
세수할 때
옷 입을 때
예배 시간에
기도 시간에
장난 안친다는 것…
이 약속
못 지킨다면
나중에
어른이 되어서도
약속을 못 지켜
망신만 당하게 됩니다
지금부터
약속의 중요성을
잊지 않기로
약속합니다

약속이란 반복학습, 그저 반복학습이
제일로 중요하답니다.

우리의 몸은

너무나도 정직합니다
세상속의 기계도
쉬지 않고 움직이면
고장이 난다는데
기계보다 민감한
사람의 몸이야
움직임 후에
쉼의 시간이 없다면
분명 고장나게 됩니다
자야할 시간
쉬어야 할 시간
늦은 밤의 시간
일어나야 할 시간
모든 것은
분명해야 한답니다
오래도록
쓰임받기 위해서도…

세상의 바쁜 삶에 예빈이가 빠지지 않기를 바랄 뿐입니다.
오히려 예빈이가 그 시간 잘 만들어 가기를 바랍니다.

함께 라는

단어는
태어남과
동시에
우리들이 접하는
단어랍니다
세상에
혼자라는 것은
없습니다
언제나
함께 어울리고
함께 살아가야 할
세상이랍니다
혼자 성공하려 말고
함께 행복할 수 있는
그 길을
가야한답니다

혼자 잘난 척 하는 사람으로 큰다면 다시
어린 아가로 보내렵니다. 잘못 큰 것이기에요…

책이 라면

원 없이
사 주겠습니다
장난감을 사달라면
가끔가다
한번이지만
먹을 것을 사달라면
필요할 때
사주지만
책이라면
매일이라도
사주고 싶습니다
장난감처럼
망가지지도 않고
과자처럼
없어지지도
않으니 말입니다

훌륭한 사람 많이 만나 보았습니다.
공통점은 모두다 책을 읽는 사람이랍니다.

거짓말이

죄라는 것을
다시 한 번
알려드립니다
필요에 따라
어쩔 수 없이
말하는 것이라면
너무나도 어렵지만
결국에는
그 거짓말도
죄라는 사실입니다
성자처럼
살자는 것이 아니라
진실하게 사는 법을
가르쳐 주고 싶습니다
거짓말은
죄입니다

순수해 보이는 어린이들의 입에서 나오는 거짓말은
너무나도 충격이 큽니다. 벌써부터 배우지 않고도
거짓말을 한다면 미래는 장담 할 수 없답니다.

기도

밥 먹기 전에도
기도 먼저 합시다
잠을 자기 전에도
기도 먼저 합시다
예배드리기 전에도
기도 먼저 합시다
선물 받는 순간에도
기도 먼저 합시다
세상 모든 일에
기도 먼저 한다면
바울처럼
빈궁에 처해도
풍부하게 살아도
어떻게 살아가든
자족하며
은혜 누리며
살아 갈 수 있답니다

살아감의 비밀입니다 기도하는 사람이야 말로
오늘 모든 일에 앞서가는 사람이랍니다.

동물원 아저씨

가 되기 위해
TV 동물 농장을 보며
동물책을 읽고
동물 장난감을 삽니다
동물원 아저씨가
되고 싶은 꿈은
곧 119 아저씨
에게 빼앗겼지만
그래도 여전히
동물책을 고르는 것을 보니
119 아저씨보다
동물원 아저씨가
되고 싶나 봅니다
무어라도 좋으니
날마다 꿈꾸는
사람이
되었으면 좋겠습니다

동물원 아저씨와 119 소방관 아저씨, 축구선수와 화가 요즈음에
날마다 변하는 꿈이지만 아무 꿈 없이 그냥사는
어른보다 훨씬 나아 보입니다.

자기의

일은 스스로 하자
알아서 척척척
튼튼한 어린이를
기대 했다가는
곧
상처 받을 겁니다
자기의 일을
스스로 한다는 것은
어린이는커녕
어른들도
못 한답니다
다만
노력하게 해야지요
성급한 욕심은
상처만
남을 뿐입니다

아이들은 정직하네요. 가르쳐 준대로만 정말로
가르쳐 준대로만 모든 일을 한답니다.

아프면

병원에 가면
안심이 됩니다
기침만 해도
설사만 해도
안절부절 못하는
우리는
그저
병원 선생님 말씀이
가장 소중한
가르침 이랍니다
예전의 우리 조상 들은
어떻게
아이들을 키웠을지
그저
신기할 뿐입니다

정말로 많이 병원에 갑니다. 소아 병원은 정말로 아이들이 많답니다.
오늘 하루 우리 아이가 건강만 하다면 이미
행복의 99%를 이룬 거랍니다.

이성에게

부끄러움을
느낄 줄 안답니다
좋아하는
이모에게
다가가지도 못하고
좋아하는
친구에게
일부러 화를 내고 마는
임 예 빈
이제
여섯 살 된
남자 어린이 랍니다
어느 날
나중에는
진짜
사랑을 알겠지요

나이가 많은 어른이든 아주 어린 사내아이든 좋아하는 사람 앞에서는
누구나 다 부끄러워하네요. 혼내지 마시고 인정해 주세요.

모험을

즐길 줄 아는
사람으로
자라나기를
기도합니다
남들이
닦아 놓은 길을
그저 따라만 가는
그런 사람이 아닌
남들이
가보지 못한
길들을 개척하는
모험 앞에
두려워하지 않는
그런
사람으로
자라나기를
기도합니다

모험을 즐기는 사람이 웃을 수 있답니다.
허황된 모험의 시작이 인류의 미래를 만들었답니다.

사랑하며

사는 법을
가르치고 있습니다
혼자서
떵떵거리며
잘 사는 법은
가르치지 않아도
곧잘 배우고도 하니
이제는
사랑하며
사는 법을
가르치고 싶습니다
행복하게
살고 싶다면
사랑하며
살라고 가르치렵니다

다 알면서도 너무나도 쉽게 잊어버리는 법.
사랑하며 살아가게 만들고 싶습니다.

감동 강아지

라 불리웁니다.
함께 사는 할머니가
밤만 되면
늘 외치는 이야기
에고
감동 강아지!!
말 한마디에도
몸짓 하나에도
감동스럽게 하는
예빈이는
감동 강아지라 합니다…

사랑을 봅니다
사랑을 느낍니다…
누군가 나에게
감동받을 사람이
있다면
부럽습니다…
그냥 빈이가
부럽습니다
나도 감동이고 싶습니다…

사진으로 보는 예빈이

하루만
볼 수 없어도
그리워지는데
내게도 이런
사랑을 하게 될 줄이야
꿈에도 몰랐답니다.

내가 그린 그림

아이가 그린 그림과
아이가 직접 쓴
이름 이랍니다
세상에 수많은
그림과 글씨가 있어도
아이가 그리는 그림은
이것 뿐이랍니다
세상 그 어느 것 보다
예쁜 그림이랍니다
가장 비싼 값으로 사렵니다
아빠의 모든 것을 걸고…

세상 그 어느 것 보다 예쁜 그림이랍니다

조직

아이가
태어나서 처음으로
몸담은 조직이랍니다.
서 있는 폼이나
확실한 브이 표시나
머로 보나
가장 돋보여 보입니다.
모든 아이
부모님들도
마찬가지이겠지만
아이가
앞으로 몸담을
모든 조직에서
좋은 리더가 되어주기를…

모든 조직에서 좋은 리더가 되어주기를…

자세가

영 아빠를
닮지 않았습니다.
아빠는
꽤 겸손한(?)
편인데 어디서
이런 폼을
배우는지
참 귀엽기만 합니다.
늘 이렇게
즐겁고
재미있게
살아갔으면
좋겠습니다.

늘 이렇게 즐겁고 재미있게 살아갔으면 좋겠습니다.

어쩜 조아

고개는 왜
기울이는지
웃는 것인지
속상한 것인지
알 수 없는
얼굴 표정은
어쩜 조아…
뒤에 있는 아이들
모두 다 걱정이네
임 예 빈
어쩜 조아…

임 예 빈 어쩜 조아…

퉁성

모자가
넘겨진 폼으로 보나
손바닥
꺾인 각도를 보나
입모양
몰린 위치로 보나
군기 하나는
제대로 들었답니다.
이 군기
이대로
잘 키워야 할텐데…

몰린 위치로 보나 군기 하나는 제대로 들었답니다.

꽃을 든 남자

나
머리에
꽃 꼽을까 봐여
난 왜
이리도
예쁘게 생긴건지요
아!
나!
머리에
꽃 꼽을까 봐요?
사회적
편견이 무서워서
그저 꼽지 못하고
들고 있는
나는야
꽃을 든 남자

나는야 꽃을 든 남자

친구

함께 있을 때
무서울 것이
아무것도 없다
어울려 있으면
아무도 건들 수 없는
세 친구
어떠한 몸 장난도
어떠한 행동도
우리를
막을 수는 없다
친구야…
그러나
이어지는 눈물은
심한 장난 후에
찾아오는
가혹한 운명일 뿐…

함께 있을 때 무서울 것이 아무것도 없다

같은 얼굴

다른 표정은
아이가
살아가는
세상과도 같습니다
같은 하늘
같은 땅 위에서
어찌나
다른 인생을
살아가야 하는지
앞으로
아이가 지을
표정들이
기대가 됩니다.

다른 표정은 아이가 살아가는 세상과도 같습니다

이쁘게…

이쁘지요?
눈이 조금은
풀려서 그렇지만
아빠를 닮아서
그렇답니다.
나름대로
꾸미고
치장하고
이정도면
예쁘지요?
이쁘게
봐주셔야 합니다
이쁘게…

이쁘게 봐주셔야 합니다

이거는

아닌 거 같은데
일단은
입으라니
입어도 봅니다
들으라니
들어는 봅니다
사진을 찍는다니
손가락은 벌려 보지만
이거는
아닌 거 같은데
예빈아
세상은 모든 것이
자기 맘대로
되는 것이 아니란다…

세상은 모든 것이 자기 맘대로 되는 것이 아니란다…

파란마음

파란마음
가득 찬 세상이기를
날마다 기도합니다.
살아있는
생명의 빛깔처럼
늘 파아란
그런 곳에서
승리의 날들을
살아가기를
아빠는
기도합니다.

파란마음 가득 찬 세상이기를 날마다 기도합니다.

연서야

준서보다는
내가 나아
걱정 말고
준서를 떠나
나에게 오렴
나
임 예 빈
한 여자 정도는
행복하게
해줄 수가
있다고…
준서
나오라고 해…

나 임 예 빈. 한 여자 정도는 행복하게 해줄 수가 있다고…

다 알면서

다 알면서
히히
왜 웃는지
다 알면서
히히
이모 삼촌들도
다 알면서
어색하지만
웃을 수밖에
없는 이유를
다 알면서
히히…
좋아서…

어색하지만 웃을 수밖에 없는 이유를 다 알면서

순한 양

순한 양이랍니다
주인을
위해서라면
평생을
자기가 가진
모든 것을 주고 나서
마지막 생명까지도
주인이 시키는 대로 하는
순한 양이랍니다
아무리
마음이
평생 이 순한 양처럼
주인되신
하나님이
시키는 대로
따라가는 사람이
되기를…

주인되신 하나님이 시키는 대로 따라가는 사람이 되기를…

고민이

많습니다
난생처음
아빠 따라
찾아간
필리핀의
한 작은 마을에서
가난하고
마른 어른들을
많이 보고나니
즐겁게
놀아야 하지만
고민이 많습니다
참…

즐겁게 놀아야 하지만 고민이 많습니다

아빠 얼굴이

조금은 슬퍼 보입니다
필리핀
한 가난한 마을의
예쁜 아이를
안고 있는
우리 아빠 얼굴이
조금은
슬퍼보입니다
예빈이에게도
관심을 보이니
임 예 빈
당황스러울 뿐입니다.

가난한 마을의 예쁜 아이를 안고 있는 아빠 얼굴이 슬퍼보입니다

즐겁게

행복하게
살아가는 법을
배우고 있답니다
세상의
참으로 가난한 나라
어려운 사람들이
사는 곳을 다녀보며
임 예 빈
즐겁게
행복하게
살아가는 법을
배우고 있답니다…
함께 살아가는 법을…

행복하게 살아가는 법을 배우고 있답니다

기다려 주세요

아빠는
아빠대로 열심히
예빈이는
예빈이대로 열심히
무럭무럭
자라가고 있답니다
이제
우리들이
승리의
날들이 올 것입니다
기다려 주세요

이제 우리들이 승리의 날들이 올 것입니다

최 고

최고랍니다
저 찡그린 얼굴 표정
안 예쁜 얼굴도
최고랍니다
멋있지도 않은데
멋있는 척
찡그린
저 얼굴표정
최고랍니다
선하게 사는 법을
더 많이
가르쳐야 겠습니다.

선하게 사는 법을 더 많이 가르쳐야 겠습니다.

두꺼비 집

두꺼비 집이
되어 버렸습니다.
예빈이
모래안이 두고
모래성 쌓는 재미
이럴 때
쓰는 말이
시간가는 줄
모르고 논다 일겁니다.
참!
아이랑 노느라
시간가는 줄
모르고 있답니다.

두꺼비 집이 되어 버렸습니다.

희안하네

임도령으로
키우고 있는데
아무리 봐도
영!
방자 스타일이
되어 버리네요…
이거 참
사진을
공개해도
되는 것인지
모르겠네요.

임도령으로 키우고 있는데방자 스타일이 되어 버리네요…

딸기 좋아

딸기 밭에서
처음 따 먹은
딸기가
왜 그리도
맛이 있던지
쉬지 않고
먹어대던
임 예 빈
앞으로도
이렇게 싱싱한
과일이
많기를 바랍니다.

딸기가 왜 그리도 맛이 있던지…

따라해 보세요

고개는
오른쪽 45도
눈꼬리는
최대한 반달지게
보조개는
콕 찍어 표시하고
하얀 치아를
윗이만 드러나게
그리고
웃어 보세요
귀여운 얼굴을
만들려면
따라해 보세요

웃어 보세요 귀여운 얼굴을 만들려면 따라해 보세요

공룡 잡은

원주민 같은
헤어스타일
아이들은
왜 그리도
공룡을 좋아하는지
아빠에게
자꾸만
공룡은 어딨냐고
물어보면
그저 레스토랑에
있다고만
대답합니다…
공룡아 어딨냐…

아빠에게 자꾸만 공룡은 어딨냐고 물어보면
그저 레스토랑에 있다고만 대답합니다…

끝나지 않은 사랑 이야기

아무리 이야기해도
멈추어지지 않는
사랑이야기 랍니다.

군대에서

어느 날 문득 이라는
시를 쓰게 되었고
우연찮게 세상에 나와
시집을 통해
자기 스스로
시인으로 등단하여
10년이 지난 지금
7권의 시집을 출판한
여전히 어리숙한
글쟁이 입니다
쓰고 싶어 쓰는
글쟁이입니다

사랑해서

결혼을 했습니다
사랑하면
모든 것이
행복하기만 할 줄
알았던 시절
그 시절
조금 지나고 나니
사랑에도
준비가
필요하다는 것을
알게 되었습니다
바보처럼
조금 더
일찍 알았어야
했는데…

방법이 없어

사랑을
선택했습니다
여러 가지 길을
아무리
생각해 보아도
사랑 밖에는
아무것도
선택할 권한이
제게는 없습니다
사랑하겠습니다

기다리는 것이

보내는 것보다
훨씬 더
어렵답니다
보내는 것은
하루에도
끝낼 수 있는데
기다린다는 것은
도무지
끝이 보이지 않습니다.
그래서
지금
많이 힘듭니다.

당신이란 사람

도무지
모르겠습니다
어제와 오늘
그리고
내일의 모습도
다르겠지요?
당신이란 사람
도무지
모르겠습니다

나이가 드니

눈물조차도
말라버리나 봅니다
그냥
오늘 하루
속시원히
울어보고 싶은데
웬걸
눈물보다는
깊은
한숨만 나오니
이런
정말
나이가
들었나 봅니다

약속은

하지 맙시다
서로의 마음
다 알고는 있지만
그래도
약속은
하지 맙시다
세상에
약속은
지켜지는 것보다
깨어지는 것이
더
많아 보입니다.

세상을

사랑하기로
했습니다.
세상에 빠지는
사랑이 아니라
보여줄 수 없기에
놀아줄 수 없기에
당신이 속한
이 세상
그저 다
사랑하기로 했습니다
세상을
사랑하기로
했습니다.

한번만

만나주세요
한번만
만나주세요
한번만
만나주세요

.

.

.

하나씩

풀어 보려고요
모든 문제
수백 개도 넘는데
속 좁은 나는
하나씩
하나씩
풀어보려고요
다 못 풀고
죽을 수도 있지만
시작도
못하고
죽을 수는 없잖아요

몇 살이세요?

지금
몇 살이세요?
아니
나이가
어찌 되세요?
         ·

         ·

됐어요
아직
한참 남았어요
다시
시작해도 돼요

너 자꾸

나 힘들게 하면
나 진짜
아파 버릴지도
모른다
나 속상하게
나 맘 아프게
하려는 거 알지만
그렇다고
진짜
아프게 하지는 않겠지?
그렇겠지?

하나님

아시지요?
진짜
제 맘 아시지요?
저도
하나님 맘
다 아는데
저는
왜 이러지요?
하나님
죄송한 것도
아시지요?
다 아시지요?

쓰러질 뻔 했습니다

어쩌면
죽을 수도
있었답니다
다행 이지요
마지막
남은 용기
그 하나가
잡아 주더라고요
다행 이지요
쓰러질 뻔
했는데…

사랑만 하면

좋겠습니다
선택
할 수만 있다면
사랑만 하면
좋겠습니다
사랑만 해도
시간이 없는데
결국
다른 손님도
함께 찾아오네요
휴…
어쩔 수가 없네요
사람에게는…

세상 사람들이

많이들
외롭다 합니다
내게 없는
모든 것들을
다 가지고 있는데도
외롭고
힘들다고만 합니다
이런
난 당신들이
부러워 죽겠는데
왜
외롭다고 하는지
도무지
모르겠습니다

한치 앞도

모르는
사막의
한가운데에
혼자
서있는
날들입니다
아무도 이해 못 할
아니
이해 할 수도 없는
그런 날들입니다
다행입니다
혼자라서

누군가와
함께라면
그 사람조차도
힘들었을테니
이겨내렵니다
찾아보렵니다
그리고
가야 할 길 찾으면
그때 다시
사람을 만나렵니다
그때는
더 행복하게…

모르겠습니다

당신 마음
당신 생각
당신 행동
당신 모습
당신 언어
당신 소망
당신의…
모든 것…
도무지 모르겠습니다…

독하게 하면

오히려
더 많이 아파요
아프면
아픈 척 해야지
슬프면
슬픈 척 해야지
독하게 하면
오히려
더 많이 아파요
그러지 마요

그러지 마요

같이 아파요
넘 많이

앞으로

살아가야
할 날들이
더 많더라고요

앞으로
해내야할
미래들이
더 많더라고요

지금의 시간은
어차피
하루거든요

하루

아프고 말지요

아니 한 달

아니면 일 년

좀 더 아플 수도

있겠지만

앞으로

더 많은

시간이 남았거든요

이제 일어나세요…

이제…

태양의 햇살이

누구를
비추고 있는지
세상의 주인공이
누구이기에
비추고 있는지
혼자만의 공간에서
쓰러지려 하는
내 자신에게
되뇌이는 고백은
나에게도
햇살이 비추기를
오늘도…
아니면
내일이라도
이미
비추고 있음에도
불구하고 깨닫는 사람

상 처

상처가 크면 클수록
오히려
더 그리워 지는 것은
왜인지 모르겠습니다
아픔에도 불구하고
사랑 할 수밖에
없는 이유는
무언가를
바라는 사랑이
아니라는 것을
알기에
오늘도 상처받을
사람 알면서도
그저
사랑만 하렵니다.
상처는
낫겠지요…

속았네요…

속았네요
만남도 사랑도
지나고 나니
속았네요
속일생각
없었는데
어느 날
나도 모르게
속이고야 마네요
그러나
한 가지는
처음부터 속일려
안했고요

조금도
속일려고는
하지 않는다는 것
다만
나도 내 환경을
모르는 것 뿐…
속았네요…
근데 안 속았어요
걱정마요…

빌려드릴게요

가끔은
내 반쪽 어깨도
가끔은
내 반쪽 팔도
가끔은
내 마음 전부도
빌려드릴게요
나중에
다시 나중에는
그냥
제자리에다만
돌려주세요
오늘은
빌려드릴게요

하루가

하루가 멀다는 것을
알아갑니다

하루가 짧다는 것도
알아갑니다

같은 날
같은 시간인데도
하루라는 시간이
너무나도 다른 것은

아마도 당신
때문일 것입니다
이제 당신이 저의
시간이 되어 버립니다.

하루가 다릅니다.

설레임

생각만
해도 설레이는
사람이 있습니다

생각만
해도 설레이는
시간이 있습니다

생각만
해도 설레이는
만남이 있습니다

이
설레임
만들어준
당신이
참 고맙습니다…

당신은
오늘도
나를 설레이게
한답니다…

가슴앓이

많이 합니다
그러지 않으려
발버둥 쳐보아도
결국에는
나도 모르는
가슴앓이에
또 한번 가슴에
멍이 들고는 합니다
그 사람
원래 그러려니 하면서도
혼자서 되풀이하는
가슴앓이에
이제는 스스로에게
화도 내보지만
방법이 없어 오늘밤도
가슴앓이를 합니다…
가슴이 아픕니다…

오 해

오해 하지 말기를
그냥 내가 한
행동 때문에
오해 하지 말기를
그냥 내가 한
말 한마디에
오해 하지 말기를
그냥 내가 한
몸짓 하나에
오해 하지 말기를
어렵지만
그러기만을
기다리며
시간을 보내고
있답니다.
에휴……

일분이면

충분히
그리움에
목마를
시간입니다
다음날 만날
약속이 있어도
사랑하는 사람
헤어 진지
일분이면
이미 충분히
그리울 수 있는
시간입니다

일분이면
행복감에
 만족할
시간입니다
매일만나는
사람이라도
사랑하는 사람
일분만
함께 있다면
이미 세상에서
제일 행복한
시간 이랍니다

일분이면.
충분합니다…

흐르는 시간이

약이겠지요
다 알면서
시간이 흐르면
다
치료된다는 것을
아무리 아파도
시간이
약이라는 거
다 알면서
죽지만 않는다면…
시간이
약이겠지요

감동 강아지

초판1쇄 발행 | 2006년 1월 6일
초판5쇄 발행 | 2010년 10월 20일

지은이 | 임우현
펴낸이 | 박대용
펴낸곳 | 도서출판 징검다리

주소 | 413-834경기도 파주시 교하읍 산남리 292-8
전화 | 031)957-3890,3891 팩스 031)957-3889
이메일 | zinggumdari@hanmail.net

출판등록 | 제 10-1574호
등록일자 | 1998년 4월 3일

＊잘못 만들어진 책은 교환해 드립니다.